KB080719

평일의 고해

# 평일의 고해

정 영 시 집

창비

# 차 례

## 제2부

제1부

# 열두 시간의 기도

어둠의 살을 깎아 제 몸에 붙이는 새다, 너는
날지만 아무도 못 알아보는 한밤의 새다, 나는


새벽의 언덕은 수레를 끄는 노인들로 조심스럽고, 새야
성경책을 옆구리에 끼고 가는 신자들로 경건하고, 새야
전봇대에 몸을 말고 잠든 노숙자들의 영혼은 전신주를
타고
집집 전전하다 영혼이 빠져나간 빈 몸의 외로움을 달
래려
다리를 포개고 잠든 가족들의 입내 나는 단잠을
태어났을 때처럼 한번만 더 맛보고, 새야
아침이면 나뭇잎처럼 비 젖은 도로에 누워 꺼져간다
어제처럼 십자가의 불이 꺼진다


교회 담장의 철문을 열고 사람들이 들어간다
일찍 집을 나선 신자들이 새벽의 어둠처럼 벽으로 스
며든다
흩어진 신발들이 비에 젖는 동안 12월이 왔고 1월이 왔

으나
　아무도 돌아오지 않는다, 새야

　의자에 앉아 졸던 교회 경비원들은
　신자들의 기도를 한잔 두잔 받아마시다 취한다
　바다에서 돌아오는 열차 시간표처럼 재림을 기약할 순
없다고
　잠꼬대를 한다, 새야

　정오에도 새들은 자정인 듯 날아오른다
　목을 매달 최적의 높이에서 되돌아와 교회 문앞에서
서성대고 있다, 우리는
　모든 게 변한대도, 새야, 우리는

　나뭇잎이 적막처럼 도로 위에 누워 있다, 12월
　그 위를 달리는 바퀴들에게 안녕을, 1월

# 평일의 고해

절두산 순교 성지 고해소엔 작은 문구 하나 적혀 있다.
'중요한 것만 짧게 간추려 고해하시오'
성자도 소녀도 거렁뱅이도, 역시 인간은 오늘도 피곤하다.


더덕의 손이라기엔 너무도 여린 잎 한장 씹으면
갈기갈기 찢기는 더덕뿌리 향내가 입 안에 쫙 흘러요
육즙이 고이는 것처럼 키스할 때처럼
이생에선 독한 향내가 나를 치유해요
인간의 냄새만큼 독한 게 있으려고요, 늘 피곤하거든요
그들이 날 흉터 없이 치유해요
난 이것에 대해 고해하겠어요
인간을 내 치유제로 여겨 바르고 먹고 마셨노라고
손잡았노라고 몸 비볐노라고
슬픈 정액냄새 속에서 태어났고
비린 젖을 먹고 자랐노라고
그렇게 지구에 몸 박고 뿌리내려 살찌웠노라고
문 박차고 나가 첫사랑의 심장을 파먹고 반생을 다시
시작했노라고

휘황찬란한 도시 사람 그림자 속에서 단잠 잤노라고
지독한 꽃 같은 어머니 손을 찢으며 시를 썼고
사랑한 발가락을 오래도록 씹으며 여행을 다녔고
벗들의 가슴을 때려눕혀 그 눈물로 내 눈을 씻었고
그들의 달디단 입냄새로 내 시궁창을 닦아냈고
밤마다 사랑해달라고 속삭였노라고
머리채를 뚝 잘라 너도 너도 너도 순교하라고 속삭였
어요
사람고기 이빨로 확 뜯으면 입 안에 육즙이 좍 흘러요
잘살겠다고, 이글이글한 눈동자를 눈물이 확 덮칠 때
처럼


아, 한마디로 난 독한 인간들을 한잎씩 씹으며
살았고 살고 살아갈 것이라고
중요한 것만 짧게 간추려 고해합니다


덧붙이자면, 누구든 날 씹어도 좋아요

# Dakhla; 입구

어젯밤 카에스(Kayes) 마을에 있는 한 극장에서 「머리 둘 달린 사나이」라는 영화를 상영했다. 그런데 주인공 괴물이 스크린에 나타나자마자 아이들은 공포에 휩싸여 대혼란을 일으켰고, 그 과정에서 일곱 명이나 사망했다. 먼지 낀 스크린 바깥에서 아이들은 울면서 사방으로 달려나갔다. 어떤 아이들은 복도 끝에 앉아 코란을 외기도 했다. 저녁이 되자 마을 전체가 마치 장례식장처럼 느껴졌다. 날이 밝자 아이들은 다시금 천진한 얼굴을 되찾았다.

— 로랑 몬드 「다클라에서 다클라까지」, 『GEO』 2000년 1월호

젖가슴에 성경책을 품은 여자들이 한 구멍으로 줄지어 나가고 있었다
밤의 유람객처럼 재잘대고 깔깔댔다
골목에서 숨죽이던 째진 눈의 바람들도 구멍으로 쓸려 나갔다
영혼을 팔지 않는 인간들은 텔레비전을 보다가 잠든 밤이었다
구멍의 입구는 터진 별처럼 환했다

낮은 계단을 올라 구멍의 두번째 문을 열었을 때 알았다
무덤이었다, 길의 끝은 생에서 가장 환했다!
수많은 사람들이 무덤 속에 있었다
촛불이 있고 의자가 있고 창문이 있고
노인과 연인과 아이들과 십자가가 있었다
여자들이 신음했다 남자들이 발을 쿵쿵 굴렀다
아버지 하나님, 대체 왜 이러시옵니까 하고 절규했다
무덤의 벽에 머리 기대어 노래했다
곧 가게 될 세계의 언어로 흥얼거렸다
종이 울리자 울음소리는 곧 잦아들었고
눈물을 닦고 외투를 입고 모자를 쓰고 신발을 신었다

금요일 밤마다 함께 죽음을 연습하는 그들은
무덤의 스위치를 내리고
천진한 얼굴로 다시 집으로 돌아갔다
잠든 아이들을 등에 업고서
생의 입구로 흘러들었다

# 찬미들, 안녕

잘못 배달된 피자였다

주문한 자들은 간절히 기다리고 있겠지만
이미 길 잃고 내게 왔으므로
내칠 수 없는 연이었다

내가 세상에 배달되던 날도
주문한 사람은 아무도 없었으니까
집은 텅 비어 있었으니까

아버지가 처음 나를 내려다보았을 때
모래구름이 내려와 심장의 봉분을 만들어주었다
태어난 이후로 내가 가장 빨개지자
바람의 영혼들이 인사했다
붉은 상자야, 안녕

나는 내 눈동자 속으로 걸어들어가

다락방 고양이들의 출산을 훔쳐보았다
검은 고양이가 점박이 새끼를 낳을 땐
어머니가 눈이 멀 것처럼 울었다
밤과 낮이 엉켜 나를 조금 닦아주었다
바람의 눈동자들이 인사했다
붉은 운명아, 안녕

우우— 바람에게 불려나오는 내 붉은 찬미들!

촛농 되어 불타는 꿈틀거림들아, 안녕
불안에 떠는 그림자 속의 그림자야, 안녕
먼 훗날 까페에서 극장에서 태양의 해변에서
다시 떠들게 될 나의 이명들아, 안녕
눈감고 뛰어다니는 저주의 말들아, 안녕
나는 붉은 상자야!

나는 생애 여러번

주문한 적 없는 피자를 배불리 먹었고
행복했고 아무 생각 없이 잠들었다

잘못 배달된 나여!

## 못된 저녁

구름에게
심장을 판다

빈 심장의 자리엔 네가 왔다
검은 얼룩 같은 저녁
검은 짐승 같은 저녁

자살을 결심한 화초에게 키스한다
마지막 인사는 쉽다
세상엔 온통 쓸모없는 온기들
심장을 너무 싼값에 팔았나?

저녁에게 심장을 산다
내 심장의 자리엔 네 심장이 꽉 낀다
어쩔 수 없이
나는 사랑을 버리기로 결심

병실 창밖엔 쓸데없는 조각구름

# 쥘 라포르그의 약국

약국에 가면 더 아파! 이국땅에서 약을 살 땐 파란 눈
약사 앞에서 펑펑 울어버렸다, 흰 살의 그도 알았을까 내
마음? 병든 시인을 만났으나 곧 헤어졌다 나무 그림자에
깃든 밤 흰 동백의 곡소리가 물고기들을 울렸다, 파도는
알았을까 내 사랑?

햇살은 퍼즐 조각처럼 놓여 있다 변기도 제자리에 있
다 삶이 곤곤할 땐 약국에 가라고 했지 쥘 라포르그의 손
등에 아픈 입을 맞추자 그의 아내가 약을 제조한다, 너도
알았을까 엄살뿐인 기쁨에 찬 내 노래를?

동네사람들은 순서대로 한명씩 관 속으로 들어갔다 이
따금 번호표를 잃은 이들이 약국 문을 두드리며 '여보게
꽃구경 가세!' 외쳤다, 바람도 알았을까 저기 앞서 봄놀
이 가는 양반이 쥘 라포르그라는 걸?

내 관을 당신이 묻어요, 쥘 라포르그—

그것도 운동이 좀 될 테니까*
이봐, 그렇지만 약국은 어디에든 있소!
새들의 겨드랑이에도 심해의 잠 속에도
당신의 호주머니에도


숨을 참을 때, 희망이 골목의 마지막 약국처럼 손을 잡
고 운다


시집을 읽다 만 오후, 편두통이 왔다
약국은 문을 닫았다 유리문은 햇빛에 터질 듯하다
당신, 대체 어디 간 거요?



* 쥘 라포르그의 시 「일요일」에서 부분 인용.

# 검은 주머니 사용법

축 젖은 것들을 담으세요 난 이미 젖었거든요 처음 영
화를 볼 땐 시큼한 사랑을 담았어요 입에서 입으로 음식
을 옮겨담던 연인들의 이별이 날 과장되게 부풀렸어요
책을 읽을 땐 슬픈 활자들만 골라담았어요 마른 것들은
날 주름지게 했거든요 난 마블링처럼 유연하게 비틀리고
싶었죠 잠을 잘 땐 물론 당신을 당신을 당신을 쑤셔넣었
어요 귀 기울여봐요 아가가 자란다고요 어둠을 잘 들여
다보면 뜨거운 아가 돌멩이가 더 큰 아가 돌멩이들을 토
해내요 구름 한덩이가 내 머리 위에 와서야 울컥 빗물을
쏟을 때 난 입을 한껏 벌렸죠 한낮의 드라이브중 철철 울
던 당신의 눈물이 날 모성애로 더럽혔죠 내가 먹을게요
당신 생의 거품 같은 것 바람에 날아간 음표처럼 떠난 사
람들을 담았어요 텅 빈 오선지를 노래했어요 물론 그땐
뭣도 몰랐어요 터널 속에서 울었어요 아주 잠깐 나에 대
해 생각했나봐요 비밀이 많은 당신들의 박쥐 아직 살아
있어요 박쥐의 앙상한 뼈가 내 심장을 찌를 때 난 입구를
확 열죠 비밀의 숨통은 틀어막죠 산 정상에 서자마자 바

다가 그리운 것처럼요 파도가 덮친 우리 무덤엔 속이 꽉 짜인 나무들 무성할 거예요 나무 그림자가 외로움은 어쩔 수 없는 거라고 말할 때 우린 좀 괜찮아질까요? 빈 몸이 될 수 있을까요?

　나는 검은 주머니
　산 정상에서 붉게 아주 붉게 소리쳤죠
　날 사용해도 좋아
　아직까진

# 울적한 개

단 걸 좋아하기 시작한 엄마의 눈과
밤길 걷길 좋아하는 아이의 손가락은 뜨거웠다
엄마 얼굴엔 거뭇거뭇 독버섯이 자랐고
불타는 나무에서 기어나오는 개미떼의 행렬을 구경하는
아이에게도 흰 머리칼이 돋았다
아이는 너무 오래 익힌 버섯처럼 질겨졌다
우린 성장하는 게 아니라 태어나면서부터 늙기 시작했
다는 걸
모두 모른 체하는 거지? 다 알아

장미가 만개한 밤엔 사람들이 산책을 했다
붉은 살점들 뭉개지자 아이는 꽃잎 주워 나이를 먹고
손바닥에 발갛게 십자가를 긋는 무리로 숨어들었다
오토바이가 지나가며 영혼을 한닢씩 채갔다
신문이 인쇄되는 밤엔 부고란이 부족했고
연인들은 서로 입을 틀어막느라 긴 키스를 나누었다
꽃은 피는 게 아니라 움트면서부터 지기 시작했다는 걸
모두 모른 체하는 거지? 다 알아

눈먼 사내가 다리를 건너자며 손을 잡아끌 때
개천의 잡초들은 웃자라 젖가슴을 파고들었다
아픈 윗니와 더 아픈 아랫니가 맞닿듯 연애는 씹을 수
없어
곱씹을수록 다리 위에서 몸은 말라갔다
먹는 건 살기 위해서가 아니라 죽기 위해서라는 걸
모두 모른 체하는 거지? 다 알아

하루하루 독해지는 영혼의 악취를 맡고 있지만
향긋한 시럽을 핥아대느라 말하지 못하는 거지?
늙은 엄마에게 자꾸만 사탕봉지를 선물하는 건
쌉쌀한 생을 더 견뎌보란 거지? 다 알아

저기 교회를 지나 아파트 뒤로 돌아가는 뜨겁게 울적
한 개,
나 죽거든 이 몸뚱이는 개나 주라지!

# 이해해요

나를 끌고 가는 검은 개 무리, 눈감을게요, 땅 밑으로
검은 꽃 피는 밤, 그 꽃 나 빨아대는 밤, 툭 뱉으면 나 툭
창문에 터지는 밤, 내 귀 질질 끌며 그대 벽으로 뛰어다
니는 밤, 내 입술 떼어내어 천장에 던지며 놀고, 내 눈 그
대 발톱에 박혀 뽑히질 않고, 내 허파 도려내 부풀리고
그대 새빨간 거짓말 끝없이 부풀고, 그대 나 찢어, 버린
다 하고, 나, 괜찮다 하고, 그대 내 몸 털로 양말 만든다
하고, 나, 괜찮다 하고, 내 가슴 이슬 맺힌다면, 나, 죽어
도 여한없다 하고, 심장에 땀 맺히도록 그대 안는다면,
나, 좋다 하고, 그대 늑골, 그대 등줄기, 그대 구멍에 침을
발라 침을 발라 흥건히

나를 끌고 가는 검은 개 무리, 나, 혼자였어요, 누구든
깊은 잠에 빠진 지 오래, 나무들 술렁이며 세상에 어떤
구멍 있다고 뿌리째 뽑혀 솟구치는 밤이었으니까, 구천
을 떠도는 영혼들 괴성을 지르며 창문에 쩍쩍 달라붙는
밤이었으니까, 이해해요 검은 개 무리, 사랑하는 그대 검

은 개라 해도, 나, 이해할 수밖에 없어요, 그대 심장에서
흘러내리는 그런 밤에도, 나, 속삭여요, 고개 파묻고 앉
아, 날 밝을 때까지, 그대 사랑한다고, 주문처럼


　나는 단단한 의자에 앉아 있다
　그가 만들어준 의자
　그의 집 마당 라일락나무를 베어 만든 의자
　봄이면 의자에 꽃이 핀다
　못보다 단단하고 뾰족한 꽃
　그 꽃 촛농처럼 지고
　나는 앉아 있다
　화농처럼
　이 봄이 다 가도록


　세상의 어떤 구멍에서 그가 돌아오면
　그대는 나를 몰라볼 것이다

## 암스테르Dam

　지구의 모든 땅들이, 아직, 물 위에 떠 있다. 밤새 기차를 타고 암스테르담에 도착했을 때 나는 한장의 사진도 찍지 못했다. 거리마다 해시시 연기가 안개처럼 퍼져 허리를 감아올릴 때, 뜻과 다른 걸음으로 물 위를 걷는 내 육체에게 나는 깊게 키스했다. 골목에서 청소부들이 깨진 병을 인구밀도만큼 쓸어담을 때, 흔들리는 영혼들과 만났다. 우리는 물 위의 거리, 홍등가에서 긴 사슬의 족쇄를 차고 빙빙 돈다. 골목 끝에서 붉은 불빛의 여자가 푸른 해시시 연기와 몸을 섞는다. 싸구려 호텔과 정적 사이에 숨어 있던 날카로운 비명이 물 위에 비친다. 물은 고인 것처럼 보였으나, 바다는 지구의 한쪽에서 한쪽으로 흐르고 있으므로, 지구는 자전과 공전에 목숨 걸고 있으므로, 그토록 거대한 진리는 우리를 목숨 걸게 했다. 술집마다 청춘처럼 피어오른 나뭇잎들이 제 몸을 태웠다. 저녁이 되면 우리는 허기를 인정했다. 삶을 지탱하는 내부의 진리. 해시시 연기처럼, 마른 나뭇잎에 매달려 온몸을 흔들며 사라질 수 있다고 믿는 한 세기의 영혼들,

다시 만날 것을 기약하지 않았다. 그때까지 지구가 돌고 싶어한다면, 우리는 수천년 전에 몸을 태웠을 것이다. 뼛속에 맺히다가 원을 그리는 해시시 연기가 내 입가에서 말한다. 너는 오래전에 암스테르담에 중독되었다. 물 위의 생. 벗어날 수 없는 진리의 끝.

# 먼 나라 푸른 사내의 아내

1

나무들이 순간순간 길을 만든다
멀리 가면 오래도록 걸을 수 있는 짐승이 될 수 있을까
내 희망은 먼 나라 푸른 사내의 아내

2

아나디르강을 따라가면 추크치족이 살고 있어 한 가정
마다 천오백 마리의 순록을 키우고 모두 함께 아침을 먹
고 점심은 없고 저녁을 먹어 아이들은 순록의 젖을 빨고
까만 눈동자를 지녀 가끔 너를 날려버릴 듯한 블리자드
가 지나가면 맑고 고요한 하늘을 볼 수 있어 물론 어디에
도 길은 없어 너의 길도 내 길도 그리고 순록의 길까지도
우리가 만들 거야! 뿌리 뽑힌 나무들이 고요 속으로 들어
갈 때, 네가 말했다

3

바람을 타고 다니는 시간이 거꾸로 매달려
눈감고 있을 때, 내 태동은 시작됐다
엄마 치마 밖으로 손을 내밀어 세상의 공기를 만져보
곤 했으나 아버지는 자꾸만 내 첫 길로 들어와 자궁 속에
봉분을 만들었다
나는 빈 봉분 속에 누워 숲으로 난 길을 꿈꾸었다
나무가 자라지 않는 숲, 종일토록 시계의 태엽을 감았다
꿈 없는 새들이 머리 위에서
더이상 걸을 수 없다는 말과 검은 깃털을 떨어뜨리곤
했다
밤길에서 나를 덮친 몇번의 고백에 대해
고개 돌리며 걸었으나, 이미 반쯤 산 것일까

4

배가 고파요 엄마 풍선처럼 먹고 나도 배가 고파 캥거
루처럼 뛰고 나면 빈 주머니가 배가 고파 순식간에 갯벌
을 메우는 밀물처럼 누군가 보고 싶어 달콤한 키스를 갖
고 싶어 밤이 오면 해풍이 불어올까 내 머리칼을 만져줄
까 온몸에 미역을 휘감고 바다로 갈래 심해에 둥그런 집
을 짓고 아이처럼 잠들래, 천년쯤. 지구가 붉게 물들 때
세상의 붉은 것들이 내 손을 잡아끌면, 잠에서 나올래,
쭈글쭈글한 얼굴로 심장을 툭툭 치며

5

동시상영관에서 너와 마주쳤다
그대 그리고 나의 영화가 반쯤 지나갔을 때
나는 어둠의 공중에 헛발을 디디며 비상구를 찾아나
온다

이제 막 태어난 나를 저녁 거리에 세워놓는다
배가 고파, 이 긴 다리로 어디를 가지
불 꺼진 상점 유리창에 비친 늙은 살갗의 여자 곱추
등을 툭툭 치며
길을 툭툭 치며


\* 블리자드 : 눈폭풍, 땅 위엔 거센 바람이 불지만 하늘은 맑고
  고요하다.

# 마음 아픈 낮

장례식장은 짐승떼의 조용한 식탁

창문 아래로 망자가 지나가는 줄도 모르고
친구들은 몰려와 식사를 하느라 바쁘고나

마을 아이들은 묏등을 뛰노느라 바쁘고나
친지들의 때에 전 손바닥은 지폐를 펴느라 바쁘고나
나그네들은 사진을 찍느라 바쁘고나

옆집 이발소에선 손님맞이할 큰아들의 머리칼이 잘려
지고
옆집 푸줏간에선 소의 창자가 잘려지느라 바쁘고나

폭염의 대낮인데도
살덩이 같은 안개가 불탄 교회를 껴안다가
시장골목으로 흘러들어 새 신을 신어보다가
가장 친했던 친구의 눈을 멀게 하는 걸 보면

죽음은 죽어서야 안다는 듯

망자는 길 끝에 나와 앉아 제 장례식을 구경하느라

땀 흘리며 말이 없는 거고나


* 마음 아픈 낮: 빠블로 네루다의 시 제목.

# 생일

저녁 때를 놓친 새들이 아차 아차 아차 운다. 회목은 나뭇가지를 제 스스로 부러뜨리며 아차 아차 아차 썩어가는 시간을 서둘러 떨어뜨린다. 산길을 걸으며 아차 아차 아차 여생 같은 숨을 내뱉다 인도로 걷다가 사람에 치여 차도로 걷다가 차에 치여 길 아닌 길로 걷는다. 여긴 발끝에 치이는 돌멩이보다 가슴에 치이는 날개로 아차 아차 아차 마음 퍼덕대는 벌레들 환하다. 만년설 쌓인 산은 제 가슴으로 데운 물을 마을로 흘려보내고 소들은 아차 아차 아차 물을 건너며 소몰이꾼이 제 아비인 줄 알고 말을 잘 듣는다. 북두칠성을 믿는 마을의 사내들은 어느 덧 설산 위에 별이 뜨자 아차 아차 아차 바이주를 마시며 샹그리라 초원을 달리는 야생마를 노래한다. 취한 그들은 벼랑에서 오줌을 누고 아차 아차 아차 제 여인을 파고든다. 창문마다 일곱 개의 별이 지문처럼 새겨지고 아이들은 아버지와 어머니의 몸에서 열매를 따먹으며 그 밤에도 아차 아차 아차 자란다. 지친 걸음 속에서 아차 아차 아차 길을 잃고 내 이름도 잊고 말아 아차 아차 아차 마음을 잃는, 길마다 달이 뜨고 산마루의 달도 아차 아차 아차 멈춰 주머니 뒤적이는, 온 길을 되짚어보는, 갓 태어난 마을 아기들도 아차 아차 아차 우는, 아차 싶은 여행중의 내 생일.

　버스는 어두운 밤 비포장 길을 달리느라 날 내려놓는 걸 깜빡 잊고, 아차 아차 아차 글썽이며 오늘밤 고개를 또 하나 넘는다. 아침이면 마을 아기들은 호두나무 아래서 어린 노새들과 젖을 빨며 아차 아차 아차차 첫 생일을 맞겠지.

# 저녁


등불을 켜는 그대 눈 속에 내 무덤
다리를 건너는 그대 상념 속에 내 무덤
흐린 하늘을 올려다보는 그대 발끝에 내 무덤
우산을 펴면 그대 품속에 내 무덤

빗물은 경쾌하게 몸을 던지네
똑- 똑- 똑- 쾌활한 무덤 무덤 무덤들

무덤 옆엔 무덤
무덤 위엔 무덤
무덤 아래 무덤
아파트 아래를 지나던 그대가
내 집 호수를 중얼거리며
내 명복을 빌어주네
어제 그랬던 것처럼

내 집의 내 방의 내 몸의 내 영혼의
내 씨방 속 아가 무덤의

내 구름 속 가족 무덤의
내 고양이 속 고양이 속 무덤 무덤, 무덤들
그 울음들

그대라고 이름붙인 빗방울들이 투신하자
내 바다가 무덤에서 드디어 말하네
사랑해 ―

# 내 눈을 꺼내어 주머니에 넣고

걷는다
눈뜬 자들의 막막함으로 새들은 날아오르고
안개가 걸음 묶으며 언 땅속 같은 관계를 부추기는
새벽

나의 애인은 장님
나는 우리의 관계를
모두가 잠들어 있느라 아무도 봐주지 못한 개화(開花)라
발음한다
눈뜨라, 주머니 속 두 눈아

나의 애인은 꿈꾸는 장님
문 열면 사막까지 펼쳐지는 아득한 공원
거기, 줄 끊긴 연 너풀대는 한그루 나무
그 아래 오래도록 내가 있다
감은 눈으로도 우는 노을과 뚝뚝 떨어지는 과실 같은
별과

가슴을 찾느라 허공을 더듬는 다섯 손가락과
입맞추기 위해 늪으로 빠져드는 긴 혀와

여덟 굽이의 고개에서 방향감각을 상실한 안개와
빛을 더는 어쩌지 못하고 어둑해진 들판과 전봇대에
걸쳐진 새들의 비행
그 앞에 나의 애인이 서 있다
바라보고 있었다
두번째 애인도 세번째 애인도 장님이 되는 것을
우리는 우리의 관계가
모두가 웃고 떠드느라 아무도 봐주지 못한 낙화(落花)라
발음한다

나의 애인은 풍경 바라보길 좋아하는 사람
거기, 우리 누웠다 온 자리 들여다보는 일 막막하고
아직 가시지 않은 우리 체온을 지우러 온 아침볕 바라
보는 일 더 막막하니
영원히 눈감으라, 주머니 속 두 눈아

# I'm Sunshine

화석

불가사리와 조개와 소라와 해초와 나는
모래에 덮이네 덮이네 덮이네

모래 밑엔 그대의 작은 마을
거기, 날 위해 노래 부르는 기타
창가에서 날 기다리는 심심풀이 퍼즐
배불리 먹일 감자밭

파도는 다 그렇고 그렇다는 듯
달의 여신을 따라 바다를 밀고 왔다 끌고 가고

나, 모래 위에 누워
발 뻗으면 그대 마을의 빙하에 닿고
손 뻗으면 설산에 닿고
가축들의 말발굽 소리에 닿고
혀 뻗으면 그대의 말에 닿으리

해가 지고 뜨는 사이
뼈와 뼈가 맞부딪는 우리 관계에 대한 울음들

나, 모래에 묻혀
발 뻗으니 그대 마을의 빙하로 맺히고
손 뻗으니 설산으로 솟고
가축들의 말발굽 울음이 되고
혀 뻗으니 그대의 혀가 되네

훅, 지구의 덮개를 불자
수억년 전 밑에 깔린 나
햇살로 반짝이네

# 권오준씨

나는 권오준 산부인과에서 태어났다
오빠도 사촌들도 권오준 산부인과에서
태어났다 햇빛이 쏟아질 때
오빠와 사촌들이 거리를 활보할 때
그들이 손 붙잡고 인사할 때
권오준씨가 나를 내놓았다
남미에 처음 갔을 때
당신이었냐고 권오준씨와 인사를 나누었고
유럽에 처음 갔을 때
따뜻한 테라스에서 권오준씨와 점심을 먹었다
밤거리에서 내게 빗물을 튀기고 간 것도 권오준씨였다
어머니도 권오준씨를 기억한다고 했다
우리집 전기배선을 한 권오준씨는 손등이 검었다
불빛 아래 권오준씨들이 모여 권오준씨를 엿듣기도 했다
내 적수, 권오준씨들은 길을 떠났다
오빠는 권오준씨를 아버지라고 불렀고
형이라고 불렀고 그 자식이라고 불렀고

내 사랑 권오준씨를 바람이라고 불렀다.

알몸의 나를 거리에 내팽개친 권오준씨
권오준씨! 하고 불렀을 때
저 저 수많은 권오준씨들

# 낡은 도시의 사랑

중고자동차 가게에 당신과 나 아침에 갔지요 문제는 없나요 당신? 내 몸엔 벌레가 사는 것 같아요 아침 찬 기운이 내 겨드랑이 내 배꼽 내 이쁜 곳까지 들어와요 당신이 나를 애무할 때처럼 아이 추워요 당신 몇년산이죠? 라이트는 들어오나요? 하얀 빵이 까맣게 될 때까지 우리 아무것도 먹지 않아요 아이 배고파 당신 내게 종일 키스를 하느라 배고파 점심엔 우리 뭘 해먹을까? 뻑뻑한 입 속에 기름칠을 해줘요 당신 내 보닛을 열고 심장을 꺼내 던져요 아이 좋아요 내 심장 보도블록 틈에 끼여 나오질 않아요 눈물이 찔끔 나요 당신이 온몸에 칼을 거꾸로 꽂고 달려와 사랑한다고 속삭일 때처럼 나는 좋아 좋아요 안개비에 자꾸만 흐려지는 당신 흐르는 당신 싸이드미러 속에 내가 서 있어요 그날밤 당신이 내게 침을 탁 뱉고 말했어요 넌 사랑스런 거미 나를 갖다버리려는 당신의 커다란 손이 잠들고 거울을 보면 내 머리칼에 매달린 아가 거미들! 비가 오면 내 집인 당신도 무너지나요? 나는 아기집 의자에 앉아 있었어요 당신의 육체가 무거워지고 창밖은 어둡고 고요했어요 당신이 갖다버린 고양이 창문

에 피딱지처럼 붙어 떨어지질 않아요 우리 아가 점심에
뭘 사갈까? 나는 이빨이 튼튼해요 덜 구운 고양이고기가
먹고 싶어 차갑게 식은 고양이고기 점심엔 그걸 먹고 당
신은 내 심장을 주워올 생각도 않아요 잘 닦으면 또 새
차나 다름없죠 아시겠지만 다 그런 거 아니겠습니까?

　낡은 도시에
　당나귀처럼 당신과 내가 삽니다
　슬픈 당신 뼈와 내 뼈가 낡아가는 일
　아픈 당신 피와 내 피가 늙은 똥처럼 검고 독해지는 일
　그건 아무것도 아닌 그저,
　흐린 오후 내내 이층 창밖으로 골목의 시간을 내려다
보는 일
　늙은 고양이 지나가고 나면
　당신과 내가 낡아빠진 옷을 입고
　더럽고 오래된 진열장 안을 잠시 들여다보는 일
　그리고 다시 걸어가는 일

## OTEL

H가 사라진 호텔에서 나오는 여자가 있다
단칼에 목을 벨 수 없는 여자
아침마다 욕조에 담겨 싸드의 표정을 연습하는 여자
프라하의 봄으로 가고 싶은 여자
1m 줄자를 넣고 다니며 나무와 새 들의 나이를 재고
자주 주저앉았다가 다시 걷는 여자
빈 병에는 무엇이든 쑤셔넣어야 마음이 편해지는 여자
창틈에 끼인 먼지를 뭉치다가 잠드는 여자
개미 다리를 떼어내어 수없이 H를 만드는 여자
그녀는 지금 다리가 없다
구멍이 없다
시간은 볼 줄 모른다
H가 시간을 들고 가버렸으므로
비바람이 몰아치던 밤
H가 사라졌으므로
밤새 내린 비로 강이 범람했다
물에 잠긴 도시로는 아무도 돌아오지 않았다

그녀는 바람으로 목도리를 뜰 줄 알게 되었다
거센 바람목도리만이 그녀를 떠나지 않고
구멍의 자리를 핥는다
그것이 그녀를 H가 사라진 호텔로 가게 한다고 말했다
아무렇지도 않게, 지나가는 개처럼
H였을까?
정말 아무도 돌아오지 않을까?

# 뚤루즈로트렉의 집


아이스크림 집 밖에서 본 사진 속의 아이스크림
단순한 그림을 그리기 위해서 지루한 일에 몰입한 화가
뚤루즈로트렉이 화집 속에 있다
낮은 의자에 앉아 붉은 머리 여자 누드를
그리는 그가 집 속에, 지루함에 있다(1864~1901)
내 그림자가 간혹 지루함에 스며들 때
렘브란트의 자화상 속에 렘브란트가 있고
에곤 실레의 거울 속에 에곤 실레가 있고
사진 속에 아이스크림이
아이스크림 속에 뚤루즈로트렉이 있으나
(그들은 모두 집 속에 앉아 문틈에 낀 지루함을 손톱으
로 파고 있다)
녹아버린 아이스크림의 무게가 그를 증명해주지는
않아
뭉그러진 입술과 자꾸만 흘러내리는 귀를 닦아내며
요동 없는 공기 속을 지난다
손가락 하나를 세워 머릿속을 파며 걷고 있을 때

난쟁이 뚤루즈로트렉이

자꾸만 맨홀에 빠지며 빠지며 자빠지며 온다

수천 개의 문과 창문 들이 온다

말을 걸기도 하고 입을 지우기도 하는 저, 문틈들의 질문이

찾아와 두드린다, 형체가 사라지고 있는 나를


냉방이 잘된 뚤루즈로트렉의 집에서 나온다

더위가 확확 느껴지는 거리로

찐득거리는 손을 몹시도 비벼대며

좀처럼 떨어져나가지 않는 삶을 자꾸만 뿌리치며

당신들의 문을 두드린다

손 좀 씻자고

# 바람의 가족

푸른 달의 모퉁이를 돌면 가파른 계단 위에 바람들의
낮은 방, 나는 인간의 마을로 돌아갈 날짜를 세며 어둠을
뜯었다 폭풍의 날들은 지루했고 달은 반쪽뿐이었다, 사
랑을 잘못 발음하는 어린 남자가 살던 곳, 바람을 마셔
부푼 영혼들의 마을

취한 바람들은 저희들끼리 끌어안았다 길 끝은 장례식
장 같았다 창을 열면 기차가 갔다 몸속의 밀입국자들이
기차를 타려고 뛰쳐나갔으나 아내들의 손에 붙잡혀 돌아
왔다, 바람이 낳은 자손들의 마을

몸이 부푸는 뜻을 알고 바람을 탈 줄 알게 됐다 바람이
머리칼 헝클면 그러라고, 바람이 치마폭 들춰대면 그러
려니, 바람이 자식을 낳자면 그러자고, 바람이 그만 떠나
자면 그렇게 따라나설 듯이 바람과 몸 섞고 살아온 생,
바람을 파는 상점들의 마을

마을의 강은 좁디좁았다
나무배마다 잠든 연인들이 흰 꽃으로 피었다
허덕허덕 꽃잎을 주워먹던 영혼들과
바람을 잡아탄 바람들은 또 일가를 이루려
어딘가로 불어갔다

# 자수

그 집엔 내가 없었습니다

귀를 빳빳하게 세우고 엿들었지요
철썩, 심장은 잘도 알아채요, 절친한 이들의 변심을
별들의 떨림은 우리 슬픔의 암호 같았죠
세상의 무엇이 될지는 중요치 않았어요
어슬렁대는 삶을 증명하는 게 절실했죠
배신도 서슴지 않는 애인들은 대체 어땠겠어요?
지도를 펼치면 모스부호로 신음이 들려왔어요
절망의 신호탄인 별들이 터지느라 밤은 겁먹었죠
얼룩무늬가 다 지워질 때까지 울었어요, 난
지구를 둥글게 헤엄치는 물고기 수가 궁금했고
오체투지로 영혼의 행로를 따르는 수행자가 되고 싶
었고
사과 씨앗에 손 넣고 싶어 깨금발로 잠들었죠
지구멸망이란 풍문에 하늘을 섭정할 꿈 꾸고 있을
때……

철썩, 심장은 잘도 알아채요, 절친하다 믿은 세상의 변심을

영혼이 사라진 내 육체는 암호해독 공식을 발표했어요
내 삶이 증명되는 순간이 텔레비전에서 생방송되고 있었죠

아아, 나는 빈방에서 눈감고 있네요

# 가수
### 오늘은 오늘로 충분해 1


노인은
낙엽더미를 주머니에 우겨넣는다
사랑을 사는 티켓이란 걸
누구에게도 말해주지 않으리란 듯


소녀는 노래한다, 오늘은 오늘로 충분해


노인과 소녀와 나는 겨우 한걸음 떨어져 있다
소녀는 노래한다, 뾰족한 내 사랑 빠져나가네
나를 결박했던 못이여!
나는 이제 의자라고도 나무라고도 할 수 없는 '무언
가'……
한 장에 쪽, 두 장에 쪽쪽……
낙엽을 사는 티켓다방으로 와요


낙엽과 의자와 나는 겨우 한걸음 떨어져 있다
젖은 낙엽들이 지워지는 고백처럼 보도블록에 달라붙

은 거리에서

　'무언가'의 삐뚤어진 입이 노래한다, 오늘은 오늘로 충
분해

　'무언가'를 빨아먹은 사내들이 합창한다, 오늘은 오늘
로 충분해

　관중들이 앵콜을 외친다, 오늘은 오늘로 충분해


　(이생의 모든 불협화음은 내일을 꿈꾼 댓가)


　사랑과 나는 겨우 한걸음 떨어져 있다

# 가수
오늘은 오늘로 충분해 2


슈크림 같은 꽃 피었네
짓밟고 가느라 자주 미끄러졌네
책을 읽는 아이들은 자꾸만 도서관 옥상에서 떨어져내
렸네

기도했네
소원을 빌었으나
들어줄 신이 없었네

편지를 썼네
사랑을 고백했으나
읽어줄 연인이 없었네

노래했네
(슈크림빵은 하루를 건디기에 적당하네
하루를 미끄러뜨리기에도 적당하네)

상상의 외투를 입으면

팜파스의 구름은 고독하고 가우초들의 마음은 처량해진다네

섬은 멀지 않네

내가 배를 타고 가는 그곳이 섬이라면

그대가 배를 타고 오는 이곳도 섬이니

슬픔은 길지 않네

두 개의 태양은 아무에게도 동쪽을 가르쳐주지 않았네

울진 않네

달을 불러와 잠들면 그뿐

모자를 찾을 수 없을 땐 머리를 쏴버리면 그뿐

연인들은 서로의 잠 속까진 참견할 수 없는 거라네

사랑을 노래하면 그뿐

누가, 울든 말든

그 누가, 죽든 말든


(우리의 노래는 끝이 없네)

상관없네

어차피 우린 관 속에서나 다음생의 계획표를 짜게 될
테니까

# 지구 동물원

횡단보도를 건너다 옛사랑을 마주친 호랑이
땀을 뻘뻘 흘리며 버스를 타는 북극곰
마트에 장보러 가는 고양이
리어카를 끌고 가는 노새
자전거를 타고 가는 얼룩말
택시를 잡아타는 낙타
여자를 힐끗대며 신문을 읽는 박쥐
담배를 피며 전화를 거는 물소
돌아서는 펭귄

오래도록 하늘을 쳐다보다
눈물을 쓱 닦고
다시 걸어가는 기린

의자에 앉아 창살 밖 거리를 내다보다
낮잠 자는 인간

# 쓸쓸한 바닷가

매몰차게 날 버린 주인들이여!
첫 죽음의 의자 위엔 흰 모래꽃 필 거랍니까?

내 저녁밥상 좀 봐요
저, 먹구름

# 혼자 사는 방

거울 속 얼굴에 살고 있는 늙은 종족을 발견한 아침
우주에 셀 수 없을 만큼의 생물과 무생물이 살고
지구의 수천만 종족이 그렇듯
내 몸 곳곳 그들이 터를 잡고 불 지피며 살고 있다
살 접히는 자리에 무덤을 만들고 묘비를 세우고 있다
더이상 풀도 나무도 자라지 않는 폐허와
제 일을 잊은 꽃들의 성감대에 십자가가 세워진다
그래, 언젠가부터 생에 대한 믿음이 신실해져버리고
죽으면 독방이 생긴다는 사실을 알게 된다
한 종족의 노부부가 천천히 걸어와 햇살 바른 자리에
차례로 눕듯
내가 시집의 마지막 책장을 덮고 솜이불을 덮는 아침
미국에서 동영상 묘비를 발명했다는 뉴스를 들으며
나는 살아 있기에 죽어간다

눈물샘으로 이장된
내 무덤에 긴 장마가 오고 있다

# 나

나뭇잎들의 퇴화한 혀가
썩은 추억을 소곤댄다
기차는 내 헛기침을 덮어준다
더 일찍 떠났어야 했다

더듬이를 세운다
쓸모없어진 부위가 이미 많다

심장을 두드린다
쓸모없어진 감정이 이미 많다

나뭇잎들의 퇴화한 다리가
내 불충분한 절망에 다리 걸어
무릎에서 썩은 사랑이 흐를 때
골목의 속울음이 내 절규를 덮어준다
더 일찍 떠나왔어야 했나

머리를 흔든다
쓸모없어진 생각이 이미 많다


너덜너덜한 날들을 기워 입었으나
생은 벌거벗는 걸 좋아했다
뒹굴수록 가시가 박히는
눈물까지 박제되어버릴 것 같은


꼬리 친다
쓸모없어진 사랑이 이미 너무 많다


몸을 버린다
쓸모없어진 내가 이미 너무 많다
내가 많다
내가 많다

제2부

# 화대

하늘에게 두 눈을 주어
땅에 발 디디니
밥 얻어먹고 산다

해가
나무에게로 와
새가 내게 그늘을 드리우니
내 그늘은 웃다가 울음이 되어
이승의 품에 안긴다

강물이
물 건너는 노인의 몸을 닦는다

꽃아, 나를 줄까?

# 떠간다

사람들은 약수터에서 산을 떠간다
무덤 많은 산이라 물맛도 좋다며
뼈도 떠가고 눈동자도 떠간다
꽃이 피면 호랑이의 뿌리도 떠가고
민들레의 젖도 떠간다
단풍 들면 불타는 내장도 떠가고
금세 바스러질 듯한 세월의 손바닥도 떠간다
눈이 오면 시퍼런 몸, 최후의 숨결도 떠간다
줄을 서서 차례로 빈 통을 들이밀며

우리는 갸륵하게
산 뒤에 차려놓은 구름 한덩이도 마저 떠간다

또 누군가는 나를 떠갈 것이다

# 하늘 사과밭

청량산 줄기 따라 간다

산 그림자가 맞은편 산에 몸 놓느라 고요한데

낙동강 시작되는 물소리가 인적 드물다며 발 붙든다

잘 계신가요, 바람의 영혼이 된 이와 오랜만의 인사

직각으로 떨어지는 저 가파른 길을 누가 냈을까

산꼭대기엔 구름처럼 선명한 마을

여자들이 원숭이처럼 나무에 매달려 사과를 딴다

시커먼 얼굴에 째진 눈을 한 남자들이 하늘에 매달려
소리친다

신발을 벗고 올라가 강줄기를 내려다본다

일그러진 구름에서 소변을 보고 나온 그도 사과를 나른다

트랙터를 몰다가 소리친다, 자네 사과 좀 나르지!

사과들이 장난을 치느라 산 밑까지 까르륵 까르륵 굴러내려간다

붉은 뺨을 가진 계집애들이 개들과 조용히 어둠속에 놓인다

다시 만나자며 건네준 사과 한알 손에 쥐고

저녁 하늘에서 돌아오는 길

사과가 따뜻하다

## 자벌레와 한 자

기다리는 사람을 더 기다린다, 한 자
오므라졌다 펴지기를 반복하는 바람이 엎어져버린,
두 자
낮부터 발그레한 새들이 땅에 이마를 처박은, 세 자
구름은 누군가를 태운 엘리베이터처럼 흘러와
빈 하늘문을 열었다 먹먹한 가슴 되어, 네 자
비를 쏟는다, 다섯 자
비가 그친다, 여섯 자

세상의 모든 물웅덩이 건너 발밑에 도착한
자벌레가 구두를 타고 오른다, 일곱 자
온몸으로 한걸음을 걷는, 여덟 자
온몸으로 고리가 되었다 다시 고리를 푸는, 아홉 자
두 눈 질끈 감고 마음을 가늠하다, 열 자
내 곱은 무릎에서 구름과 비의 수직적 관계에 대해 생
각하는, 열한 자
떠나기 위해선 걸음 끝에서 걸음을 떼야 한다는 듯

머리에 꼬리 묻고 잠시 내 낡은 가슴과 수평이 되는
머리 기대어 쉬어가는, 열두 자

그림자가 사라져버린 정오
오후의 바람을 밀며 다시 한 자 두 자 세 자…
걸음을 세다가 잊어버린 자

# 당신이 사준 그리움

밤마다 터트리는 폭죽
당신이 사준 것

삶은 한움큼씩 거품을 낳고
아가들은 거품처럼 사라져
파도에게 아프게 사는 법을 배웠네

당신이 사준 불꽃이 침을 탁 뱉고 말하네
사랑은 타고 없어라

나는 당신의 말을 알아듣지 못해
백야의 눈만 끔벅이지

퀭한 눈으로 문을 거네, 사람들은

텅 빈 거리에서 책장을 넘기는 바람이
내 혀를 목구멍까지 말아넣으며 말하네

사랑은 가엾어라

밤마다 터지는 폭죽
지금 사라지는 내 그림자
당신이 사준 것

# 근황

부음을 들은 밤 택시를 탄다
거리엔 떠도는 야회의 무리들
살점 같은 불빛에서 오래전 애인이 합승한다
축축한 뒷좌석에서 그의 영혼이
날 알아보곤 차창을 빠져나간다
거리에선 잡을 수 없는 손들이
택시를 잡으려 허공에 달라붙는다
빗물을 끼얹고 날 태운 택시는 달린다
이제 더는 합승을 할 수 없다는 듯
다시는 돌아올 수 없다는 듯
지하 영안실에 잠시 멈춘다

모여앉아 술을 찾는 친구들 조의금을 내는 선배들
육개장을 비우고 지상으로 가는 계단을 오른다
그들이 거리에서 아직 뜨끈한 손 휘저을 때
날 태운 택시는 전속력으로 강을 거슬러오른다
중앙선이 환하게 펼쳐진다

오래도록 그들을 만나고 싶었던 것일까
경유해야 할 곳이 아직 많다


지난봄, 산에서 만난 지게를 멘 노인이 어깨를 툭툭
친다
어여 앞서 가
그래야 내가 갈 것 아닌가


그들은 아직 택시를 잡기 위해 생의 가장 밝은 부분에
서 있다

# 사방연속무늬 당신

팔뚝엔 알 수 없는 문신
햇빛 속에서 보면 큰 파도 같기도 한
밤에 보면 도깨비 같기도 한
바랜 당초무늬, 수풀 어둠 같기도 한

세상엔 참을 수 없는 게 얼마나 많은지
당신, 사방연속무늬 그림을 그린다

습기처럼 번져나오는 무늬들
저녁이면 부스스 몸 일으켜
창문을 툭툭 친다, 어둡고 탁한 꼬리로
당신은 문밖을 두리번거리다
어둠을 꿀꺽 삼키고 막다른 골목을 달린다
지난밤 귓갓길에서 만난 노파의 일그러진 얼굴이
팔뚝에 떠오른다

바람이 불면 당신은

살 속 깊이 또 하나의 낯선 무늬를 새긴다
나무가 계절마다 속으로 제 무늬를
달팽이가 눈물겹게 돌아가는 제 무늬를
강물이 긴긴 제 무늬를 만들 때

마루바닥에서 펄떡거리는 물고기를 주워올린다
어항 속에서 붉은 점 하나가
날쌘 몸동작을 연습한다
사방연속무늬, 안에서
안으로 비늘이 하나 더 생겨난 줄도 모르고

# 사랑의 한낮

약속한 나뭇가지 위
뼈로 남은 새

해바라기에게 가짜 해를 달아주라
그리워만 해야 하는 운명을 땅에 눕히라

담장 아래서 독신을 맹세하는 소녀들
눈 시려 주저앉을 때, 맹랑한 바람아
왼쪽 가슴에 가짜 해를 달아주라

새 아침이 왔다── 해의 거짓말
널 찾아헤맸다── 바람의 빈말
네가 측은했다── 빗물의 울컥임
다리가 아파 떠날 수 없었다── 새들의 속삭임
맹신자들이여, 들끓는 몸을 건져올려라

이젠 불타는 몸도 뜨겁지 않아야 하리

눈물은 얼어붙어야 하리

약속한 나뭇가지 위
울다가 소녀들의 생은 끝나리

# 거미집

떠날라치면
천지사방 줄을 치고
팔다리 붙잡아 껴안고 울어주는
하늘궁전

아침이면 온몸을 짜내어 짓고
저녁이면 또 몇채씩 허무는
무욕의 사원

햇빛 아래선 너무 투명해
잘 보이지 않고
바람 불면 주룩 흘러내리는
너와 나 사이, 공터

거기
살고 싶었다

# 한 사람

내 아비가 내 어미의 몸에 들어앉았다 나오니
한 사람 몸에서 한 사람이 나오네
쭈글쭈글한 얼굴로 혀를 날름거리며
한 사람 몸에서 걸어나가는 한 사람
꿈속으로 들어가는 사람 다시 나오는 사람
어머니 문이 녹슬자 아버지가 공구함을 들고 나오네
우리는 둘러앉아 생일떡을 나눠먹네
열 달 만에 또 한 사람이 나오는 날엔 나도
문밖으로 도망갔네

사람 몸에서 사람이 나오다니!

# 깜깜한 식당

내게 오세요 저물녘이면 식객을 맞으려 불 밝힌 간판
은 없지만 (텅 빈 이력서뿐이라 내밀 낯짝도 없지만) 풀
썩 앉힐 심장의 모서리 정도는 갖고 있지 않겠어요 (가슴
에 쇠심지를 박아넣은 후에야 울지 않고 걷게 됐지만) 제
스스로 몸에 불 밝혀 외로움 달래는 반딧불이의 황홀한
식탁은 없지만 수저 한벌 차릴 등판은 갖고 있지 않겠어
요 (개다리소반 소갈딱지 성질머리지만) 저마다의 외로
움이나 설움이나 배신을 적셔 먹을 줄줄이 적힌 메뉴는
없지만 가슴의 상처 하나쯤 핥아줄 혓바닥은 갖고 있지
않겠어요 (늙은 나뭇잎이라 씁쓸하지만) 따끈한 술 한잔
따라줄 술잔은 없어도 말없이 눈물 한잔 받아줄 오목한
가슴팍은 갖고 있지 않겠어요 (얼어붙은 양은대접이라
지문을 쫙쫙 잡아뜯으며 붙잡지만) 비단방석 깔아주는
손은 없지만 뜨듯한 구들장 같은 허벅지 툭툭 내어줄 손
하나쯤 갖고 있지 않겠어요 (외팔이어서 두 손 모아 애원
하진 못해도) 내게 오세요

가로등 아래 오래도록 서서
불 밝힌 척
웃을까요

그러면, 허겁지겁 주린 입 꽂는
모기떼에게 이렇게 말할까요
난 오늘 그대만의 식당이라고
(물론 맛도 우리의 관계도 사랑도 여전히 깜깜하지만)

# 고분벽화

당신들은 다리를 직각으로 구부리며
활과 창을 들고 간다
열매가 떨어지는 풀숲에서
여자들은 항아리에 담뱃잎을 담아
남자들을 배웅한다
아이들은 불쑥 자라 불을 지피고
어머니가 처녀성을 잃은 곳에서 아끼는 물건을 잃는다
바람은 당신들의 다리를 벌리고 들어가
한 세기를 먹어치우기도 한다
수천년을 견딘 별들이 무심코 불을 끈다
저기, 먹구름이 몰려온다
풋열매들이 쏟아져내린다
그 열매가 가끔 내 발밑으로 오기도 한다는 걸
당신들은 알까?

박물관 입구에서 빠져나온 여자가
우산을 쓰고 저녁 정거장으로 간다

귀가중인 남자가 길 건너에서 손을 흔든다

아이들은 장롱 밑에서  꺼진 별을 줍고 있다

# 구름에 달린 마을

구름이 내려앉는 개천에 나가
떨어진 다리들을 보며 앉아 있곤 한다
다리 없는 몸뚱이를 질질 끌며 걸어온
나날들이 참았던 울음을 터트린다
철교엔 빵봉지들이 구겨져 수백 년을 썩어가고
잡초들은 기형아처럼 꼬인 팔을 비틀며 웃자란다

기차는 오지 않는다
버려진 가구 위에서 노는 아이들의 남은 생은 팍팍하
였으나
밤마다 개들은 달아난 제 뒷다리를 물려고 빙빙 돈다

창에 달라붙은 죽은 나뭇잎들이
식구들의 곤한 잠 위로 떨어져내린다
아무도 봐주지 않는 노을이 진다
절뚝거리는 중년의 사내가 일찍 가게 문을 닫고 철교
쪽으로 간다

등에는 목발 모양의 구름을 지고 있다

심장에 빵을 품고 가는 소년과 건널목에서 마주칠 것
이다
빵이 붉게 타오르기를 기다릴 것이다
목발 모양의 구름들이 몰려올 것이다

# 그림 마을

며칠째 아무도 지나가지 않은 마을길 위로
낡은 털신을 신고 지게를 멘 늙은 청년이 지나간다

교회당은 텅 비었다

저수지엔 검은 이끼가 망각처럼 떠 있다
신발이 한짝 떠오를 것도 같았으나
아침마다 미친 여자가 제 몫의 꽃을 던지며 논다

탱자가시 울타리에 살던 새들은 떠나고
서울행 기차는 하루에 네 번
내 엷은 병의 차도를 묻듯 간다

마을에선 하루에 한명씩 지워진다고 했다

# 크리스마스 카드

귓속에서 누군가 우네

나, 눈 내리는 카드에서 걸어나와
봉투를 닫네
등불을 끄네

# 심야 로드무비 상영중


티베트 독수리가 사람을 먹고 대서양 문어가 사람을
먹고 일본 모기가 사람을 먹는 밤, 한강의 무수한 다리들
을 건너고 건너고 건너고……


허기진 한밤의 질주가 미끄러진다
축축한 애원과 단단한 야망은 불탄다
바퀴를 굴리는 늙은 지구의 힘!
불빛들이 딱딱한 눈곱을 떼자 아스팔트가 박동한다
어두운 계단에서 가랑이를 더듬는 지구의 손
술 취해 돌아오는 골목에서 뒤통수를 치는 지구의 손
밤마다 심장을 움켜쥐는 질긴 지구의 손
얼굴을 뭉개는 지구의 손이 핸들을 틀어 난간을 들이박
는다
흉측한 몰골일수록 생의 끝은 아름답구나—


강물에 떨어진 한생애가
재빨리 눈물을 닦고 제 몸을 뜯어먹는다

새로운 생이 다시 시작되는 건
유원지 축제처럼 더럽고 황홀하구나—

허기졌던 지구가 나를 질겅질겅 씹었다가
시퍼렇게 뱉어
다시 살게 하는 거구나—

그래서 이 밤에도 필름은 돌아가는 거구나—

# 아무리 손 내밀어도 닿지 않는

아무리 빗줄기를 움켜쥐어도 빈손뿐인 나와
동물원에서 작별하기 위하여
손을 내민다

돌고래를 만나고 싶어하는 나와
지느러미를 뺏으려다 덜컥 울어버린 내가
나를 동물원 쓰레기통에 버리고
돌아선다

캥거루의 주머니를 갖고 싶어하는 나와
주머니 속에 들어가려다 죽은 엄마에게 전화를 건 내가
나를 동물원 미아보호소에 맡기고
돌아선다

등에 낙타 봉우리가 솟기를 기도하는 나는
단봉낙타에게서 봉우리를 훔쳐 달아난 나를
우리에 가두고

웃는다

일없이 창살을 흔들어대던 긴팔원숭이는
이미 집으로 돌아가는 나를 비웃느라
자꾸만 손가락을 뻗으며 뻗으며
아무리 손 내밀어도 닿지 않는 내 등뼈 같은,
내일을 가리킨다

# 길 위로 온 편지

잡화상의 점원이 셔터를 내릴 때, 숨을 고른다
만취한 하늘이 낮게 내려와 일상적인 잠에 취해갈 무렵
딱딱한 빵집, 습한 약국, 그림자가 선연한 우체통
기운 전봇대를 끼고 돌면 어둠속에 집이 있다고 기억
한다

이 별에서 저 별로 이사하며 살고 있다고
살아온 기억에 흔들릴 때
바람의 노래가 길 위에 마냥 서 있게 할 때
수천년 전에 내가 내게로 보낸 편지가 길 위로 오곤
한다
버스에서 내려 정거장을 지날 때 거지 부녀를 보았다
저 별의 아버지와 나는 오래전에 헤어진 것이다

이 별을 수천 바퀴쯤 돌면
한 별의 사랑이 너무 깊어 또 떠나가야 할 것이다

젖은 몸 말리던 첫 설움을 기억할 수 없어
지나온 별들은 허공에서 소멸하는가

나는 지구의 모서리에 앉아 있다
겨우 한 골목을 빠져나왔다
알 수 없는 문자의 편지들을 해독해주던
낡은 잡화상의 점원을 기억한다
곧 집을 찾을 수 있을 것이다

# 내력

내 집 아래엔 밤낮 물이 흐른다
이곳에서 자란 게
벌써 스무 해, 깊어가는 물골을 따라
늘 그만큼의 물이 고이고 물결이 진다
앞마당의 나무들과 어머니의
텃밭은 그 물줄기를 달고, 어느새
몰라볼 만큼 다 자라버렸지
바람이 불면 옆구리를 감싸안는
내 키보다 더 큰 나뭇가지들
수맥을 닮은 내 가족과
친지들 이웃들의 손때가
반지레한 마루 위엔 어느새
지워진 무늬들과 무늬가 되어가는
흠집들, 바람이 한차례 몰고 가는 발소리들
창 앞에서 우는 밤 고양이

이젠 그 나무를 베어 새로이

마루를 깔아도 좋을 시간,
아무도 나무를 베지 않는
한 물관을 타고 온 물빛의
가족들

아버지가 대문을 걸고
곤한 어머니의 베개로 돌아가는 시간
물결은 가고, 다시 어느 물결은 찾아와
내 집의 무늬들을 어루만지는 것이다

# 엄마가 싸준 떡

속에 엄마 머리카락
곱슬하고 검은 엄마 머리카락

먹장구름 아래서
곱씹는
꿀떡 삼키면 뱃속이 든든한
엄마

# 어둡고 좁고 가파른

눈 내린다, 불빛들이 떠도는 거리
사내가 자전거를 타고 느리게 귀가한다
눈꺼풀이 무거운 신호등이 허공에 걸린 사거리
사내의 자전거가, 쿡, 눈 속에 처박힌다
넘어진 바퀴의 가는 살들이 헛돌며 눈발을 친다
나는 깊숙이 손을 찔러넣는다

사내가 남기고 간 바큇자국 위에
검은 동전 몇개가 굳은 빵처럼 찍혀 있다
나는 깊숙이 몸을 찔러넣는다

불빛들이 심장을 병들게 하는 저녁
눈발이 거세진다
귀가가 늦은 새 젖은 날개를 허둥댄다
먼저 간 사내가 길 끝에서 짙어지고 있다

어둡고 좁고 가파른 계단 위에 사내의 집이 있다

# 오동나무 상여

마당을 가로질러 기차가 간다
기적을 울리며 깃발을 흔드는 오동나무
할머니는 기차에 오르려다
보따리를 놓치고 바퀴 밑으로 기어들어가고
기차는 다음역을 향해 떠나고

실성한 지 스무 해가 넘었단다
비틀어져 허리를 좌로 꼬는 저 오동은
할머니 시집올 때 심었단다
오늘도 새들은 오동을 쪼고 낮달은 오동에게 몸을 기
대고
수돗가에서 쌀을 씻는 우리집 여자들도 이젠 오동에게
물을 끼얹고 어둠을 부르고

달밤에 요강을 씻는 할머니
밤하늘에 흰 치맛자락을 흔드는 오동나무

열린 기차 문 앞에서
보따리를 고무신을 잘 꽂혀 있던 비녀를
젖은 눈길을
마당에 흘리는 할머니
움직이지 않는 상여

어젯밤 오동나무는 밤새 몸을 떨었다
꽃 피우는 일도 잊고

# 종점에 사는 집

집은 늘 종점에 있었다
종점이 아닌 곳으로 이사를 가도 곧 종점이 됐다
사람들은 오물과 먼지를 뒤집어쓰고 낯선 냄새들을 묻혀왔고
가끔 읽을 수 없는 문자로 된 신문지 조각을 싣고 왔다
버스 운전기사들이 잠깐씩 눈을 붙이고
전대를 차고 다시 종전의 노선을 따라 몸을 움직이듯
떠났던 버스와 나는 늘 제자리에 돌아와 있었다
곧잘 사람들은 잠들어 종점까지 오곤 했으나 크게 절
망하진 않았다
우리집 사철나무는 담벼락에 기대어 잘 자랐다

새벽이면 서리를 녹이는 버스들이
어제와 똑같은 노선을 돌기 위해 그르렁대듯
나는 종점 집에서 태어나고 자라고 떠났으나
오늘도 종점 집에 살고 있는 것이다
버스를 타고 나갔다 돌아오면 한 살씩 나이를 먹는
지구의 궤도에 탑승해 있는 것이다

# 병든 길

세상 모든 길은 혼자여서
세상 모든 길 위의 사람은 다 맨몸의 혼자여서
눈을 감고 뛰어다닌다, 햇빛아!

저 길은 옛집 가는 길만 같고
아무래도 끊긴 이 길은 도량(道場) 가는 길만 같고

# 지독한 고해(苦海), 불온한 고해(告解)

류신

## 출생

먼저, 이상한 출생이 있다. 애초부터 생물학적 부모가 없다는 듯이 세상에 맨몸으로 내던져진 아기. 그래서 평생 업둥이의 운명을 천형처럼 짊어지고 살아가야 할 아기. 이런 신생아는 더이상 축복받은 신의 '선물'이 아니라 엉뚱한 곳으로 잘못 부쳐진 '화물'일 뿐이다.

> 나는 생애 여러번
> 주문한 적 없는 피자를 배불리 먹었고
> 행복했고 아무 생각 없이 잠들었다
>
> 잘못 배달된 나여!
>
> ──「찬미들, 안녕」 부분

갑자기 초인종이 울리고 주문하지도 않은 피자가 집 안으로 들어온다. 하지만 이 맛있는 불청객도 인연일 터. 애초부터 인간이란 존재도 누군가 시켜서 이 세상에 배달된 것은 아니지 않은가. "잘못 배달된 피자"로부터 촉발된 시적 화자의 상상은 자신의 기원, 출생의 순간을 향해 거슬러올라간다. "내가 세상에 배달되던 날도/주문한 사람은 아무도 없었으니까". 이러한 화자의 인식은 인간의 실존을 우연히 세상에 내던져진 존재로 파악하는 실존주의 철학에서 그다지 멀어 보이지 않는다. 잘못된 주소로 배달된 자신을 딱히 반겨줄 사람도 없다. 그래서 집은 텅 비어 있다. 무고자(無故者)의 출생을 찬미하는 것은 "바람의 영혼들" 혹은 "바람의 눈동자"뿐이다. 그러나 화자는 자신의 불우한 운명에 대해서도, 자신을 세상으로 잘못 배달시킨 이름모를 '주문자'의 실수에 대해서도 분노하지 않는다. 오히려 화자는 뿌리 뽑힌 삶의 어처구니없는 부조리함을 향해 안녕, 안녕 연방 인사를 건넨다. 어차피 삶이란 우연의 연속이며 모순의 반복에 지나지 않는다는 처연한 각성이 이와 같은 생에 대한 순진한 긍정을 낳았으리라. 하지만 이러한 천진한 낙관은 마지막 시구에 이르러 돌연 지독한 비관으로 굴절된다. "잘못 배달된 나여!" 평범한 일상에 감춰진 이면을 꿰뚫어 그것이 지닌 표면적 의미를 일거에 뒤집는 시인의 전복적 상상력이 돋보이는 대목이다.

자신을 세상에 '내놓은' 산부인과 의사를 향해 "알몸의 나를 거리에 내팽개친 권오준씨"(「권오준씨」)라고 부르는 당돌한 이 시인에게 갓난아이의 울음소리가 생의 환희로 요동치는 찬가로 다가올 리 만무하다. 「생일」은 중국 여행 도중 잠시 환상방황(Ringwanderung)에 빠지면서 자신이 살아온 삶을 반추하고 자신의 정체성에 대해 고민하는 과정을 몽환적으로 그린 작품이다. 여기서 인상적인 부분은 신생아들의 울음소리를 '아차'라는 감탄사로 포착하는 장면이다. "갓 태어난 마을 아기들도 아차 아차 아차 우는, 아차 싶은 여행중의 내 생일." 알다시피 '아차'는 무엇이 잘못된 것을 갑자기 깨달았을 때, 본의 아니게 어떤 일이 어긋남을 알아챘을 때 내지르는 탄성이다. 이렇게 보면 "아차 아차 아차 우는" 아기들의 울음소리는 이제 막 존재를 강요받은 허무가 세상을 향해 내지르는 항의의 외침으로 읽힌다. 마을 아기들이 '아차' 하고 태어난 찰나, '아뿔싸' 시인 또한 오늘이 자신이 세상에 잘못 배달된 날임을 알아차린다. 이렇게 보면 시인에게 생일은 일년 365일 가운데 자신이 세상에 잘못 내던져졌다는, 말하자면 기억하고 싶지 않은 '배달사고'의 현장을 새삼 환기시켜주는 쓰디�쓴 하루일 뿐이다.

　　「한 사람」은 감정을 극도로 절제하고 출생의 순간을 찍은 한장의 극사실주의 사진이다.

　　　내 아비가 내 어미의 몸에 들어앉았다 나오니

한 사람 몸에서 한 사람이 나오네
쭈글쭈글한 얼굴로 혀를 날름거리며
한 사람 몸에서 걸어나가는 한 사람

　　　　　　　　　　　　　　—「한 사람」 부분

양수 속에 갇혀 있다가 "열 달 만에" "쭈글쭈글한 얼굴로 혀를 날름거리며" 산도(産道)를 아장바장 걸어나가는 이 징그럽게 그로테스크한 '한 사람'의 모습을 보라. 우리가 "생일떡을 나눠먹"는 날은 바로 출생으로 인하여 잔혹하게 중지된 자궁 속 태아의 삶을 고통스럽게 기억하는 날이다. "사람 몸에서 사람이 나오다니!" 생일에 덧씌워진 관습적인 인상을 이처럼 단순하고 맹랑한 시구로 잔인하게 배반하는 시를 일찍이 보지 못했다. 시인은 아예 '탄생신화'의 기원인 성탄절을 어두운 독방 속에 감금한다.

　　귓속에서 누군가 우네

　　나, 눈 내리는 카드에서 걸어나와
　　봉투를 닫네
　　등불을 끄네

　　　　　　　　　　　　—「크리스마스 카드」 전문

인류역사상 가장 신비롭고 고결하고 위대한 탄생의 순간이

107

크리스마스 카드의 그림 안에 있다. 그 성화(聖畫) 속으로 불쑥 들어간 화자는 '누군가'의 울음을 듣는다. 물론 그 울음소리의 주인공은 말구유의 아기 예수일 터. 하지만 화자는 신의 축복인 양 "눈 내리는" 성스러운 탄생의 현장에서 등을 돌려 카드 밖의 팍팍한 현실로 타박타박 걸어나온다. 그러고는 카드를 봉투에 '가두고' 불을 끈다. 성탄의 거룩한 후광이 사라지고 구원의 '등불'이 꺼지는 순간이다. 천사들의 환호도, 목자들의 기쁨도, 동방박사의 경배도, 싼타할아버지의 너털웃음도 모두 깜깜한 어둠속에 파묻히고, 이와 함께 성모 무염시태(無染始胎)에 의해 창조된 '성탄의 신화'도 밀봉되어버리는 것이다. 이제 카드 밖에 남는 것은 신성이 사라진 시대의 어두운 미궁 속에서 갈팡질팡하는 인간의 맹목과 갈증뿐일 것이다.

이렇게 탄생신화가 무너진 시대에 자란 아이의 머리칼은 곧 윤기를 잃고 허옇게 탈색되고 뽀송뽀송하던 살갗도 "오래 익힌 버섯처럼 질겨"(「울적한 개」)지게 마련이다. 더이상 건강한 생명력을 지닌 인간으로 살아갈 수 없는 비관적인 현실에서, 모든 인간성이 말살되어버린 타락한 시대에, 숭고해야 할 출생의 순간은 시인에게 쇠락과 노화의 과정을 향한 불서러운 첫걸음으로 인식될 뿐이다.

정영의 시에서 반복되는 '탄생신화 부정'의 모티프는 시원(신, 중심, 초월적 기의)에 대한 거부라는 해체론적 전략과 깍지 낄 수 있다. 중심에서 이탈된 존재가 제아무리 발버둥

쳐도 귀향할 수 없을 때 디아스포라(diaspora, 이산)의 비애는 시작되는 법. 그러나 중심의 상실을 원망하지 않고 오히려 경축할 때, "잘못 배달된 나"도 기존의 질서에 대한 집착과 맹목에서 벗어나 자유롭고 유쾌하게 삶을 꾸려갈 수도 있을 터. 절망적이고 비관적인 분위기에 휩싸여 있는 정영의 시가 종종 삶의 진한 페이소스까지 끌어안는 활달한 이미지들로 들썩거릴 수 있는 것도 실은 '세상에 내던져진 아이'의 우발성에서 비롯된 것이라 해석하면 너무 투박한 지레짐작인가? 어쨌든 정영의 시에서는 포스트모더니즘의 색조로 살짝 분장한 '무신론적 실존주의자'의 얼굴이 얼비친다.

## 사랑

그리고, 이토록 격렬한 사랑이 있다. 싸도마조히즘적 환상 속에 펼쳐지는 위험한 사랑이 있다. 칼로 여자의 육체에 생채기를 내려는 남자가 있고, 그 칼날을 껴안으려는 여자가 있다. "당신이 온몸에 칼을 거꾸로 꽂고 달려와 사랑한다고 속삭일 때처럼 나는 좋아 좋아요"(「낡은 도시의 사랑」).

잘 알다시피 사랑의 여신 아프로디테의 정부(情夫)는 전쟁과 폭력의 신 아레스이다. 얼핏 이 둘의 결합은 부자연스러워 보인다. 그러나 아무리 다정하게 시작된 사랑도 절정의 순간으로 치달으면 폭력적이고 파괴적인 본색을 드러내고

만다는 사실을 떠올리면, 이 둘의 애정행각은 '삶에 파고드는 죽음'의 체험인 에로티씨즘의 본질을 암시하는 것임을 알 수 있다. 아프로디테의 관능과 아레스의 야만성 사이에서 에로스가 태어난다고 상상한 그리스인들은 사랑의 본질을 정확하게 꿰뚫고 있었던 셈이다.

정영의 시세계에서도 사랑은 아프로디테의 관능과 아레스의 폭력 사이에서 벌어진다. 그녀의 시에 등장하는 남성은 대개 고통을 줌으로써 성적 만족을 얻고, 여성은 육체적 학대를 받음으로써 성적 쾌감을 느낀다. 남성이 싸드적이라면 여성은 마조히즘적인 성향을 띤다. 이러한 남녀 사이의 성적 역할 분담과 교대를 환상적으로 묘사한 「이해해요」의 앞부분을 읽어보자.

> 나를 끌고 가는 검은 개 무리, 눈감을게요, 땅 밑으로 검은 꽃 피는 밤, 그 꽃 나 빨아대는 밤, 툭 뱉으면 나 툭 창문에 터지는 밤, 내 귀 질질 끌며 그대 벽으로 뛰어다니는 밤, 내 입술 떼어내어 천장에 던지며 놀고, 내 눈 그대 발톱에 박혀 뽑히질 않고, 내 허파 도려내 부풀리고 (…) 나, 죽어도 여한없다 하고, 심장에 땀 맺히도록 그대 안는다면, 나, 좋다 하고, 그대 늑골, 그대 등줄기, 그대 구멍에 침을 발라 침을 발라 흥건히

> ──「이해해요」 부분

"검은 개 무리"는 동물로 변신한 난폭한 아레스를 상징한다면, "땅 밑"은 이성의 빛에 주눅들어 있던 욕망이 회집하는 크로노토프(chronotope, 시공간)이며, "검은 꽃"은 독일 표현주의 시인 게오르게(S. George)의 「지하왕국」에 핀 묵시록적 분위기를 분무(噴霧)하는 '검은 꽃'을 연상시킨다. "검은 짐승 같은 저녁"(「못된 저녁」)의 풍경 속에 펼쳐지는 이 격렬하다 못해 섬뜩하기까지 한 사랑의 행위는 "잔학성과 향락은 동일한 감각"(보들레르)임을 시적으로 재현한다. "검은 꽃"이라는 블랙홀로 빨려들어감으로써 존재는 완전히 소멸되고, 그 절정의 순간 다시 세상으로 튀밥처럼 터져나오는 이 신생의 열정, 존재의 '터짐'! 이것이 바로 삶과 죽음의 동시적 체험인 에로티씨즘의 본질이 아닌가. 서로를 탐닉해들어가며 너와 나 사이의 경계를 '흥건히' 녹여버리는 사랑의 파괴적인 힘 앞에 사랑은 성스럽고 아름답고 달콤한 것이라는 해묵은 전설은 설 자리를 잃게 된다. "축 젖은 것들을 담으세요 난 이미 젖었거든요 (…) 잠을 잘 땐 물론 당신을 당신을 당신을 쑤셔넣었어요"(「검은 주머니 사용법」)라는 시구에서도 단박에 드러나듯이 시인은 결코 인간에 내재한 동물적 욕정을 낭만적인 사랑의 신화로 은폐하지 않는다. 그리고 이러한 리비도가 '성기' 쪽으로 쏠리지 않고 '밥통'으로 향할 때 다음과 같은 구절을 낳는다.

허기졌던 지구가 나를 질겅질겅 씹었다가

시퍼렇게 뱉어

다시 살게 하는 거구나—

　　　　　　—「심야 로드무비 상영중」부분

정영 시에 유난히 '씹다'라는 동사가 자주 출몰하는 사정도
"삶을 지탱하는 내부의 진리"(「암스테르Dam」)인 식욕(개체
보존)과 사랑(종족보존)을 하나로 묶어 표현하려는 시인의
전략과 무관하지 않다. 프로이트에 앞서 일찍이 독일의 문호
실러는 이렇게 잘라 말했다. "세계를 움직이는 것은 식욕과
사랑이다."(「철학자」)

　정영의 시가 보여주는 가학과 피학, 해악과 훼손이 뒤엉킨
싸도마조히즘적 사랑 행위는 격렬한 소모와 죽음 충동의 실
현을 통해 육체의 모든 에너지를 탕진하게 만든다. 따라서
이러한 "비생산적 소비"(바따이유)를 구현하는 사랑은 생산과
축적과 노동 중심의 근대사회에 대한 은밀한 저항적 정체성
을 획득할 수 있다.


## 죽음

　끝으로, 무수히 많은 무덤들이 있다. 장례식장과 지하 영
안실(「마음 아픈 낮」「근황」), 신문의 부고란에(「울적한 개」)
죽음의 그림자가 일렁일렁하는 것은 그리 놀랄 일이 아니다.

무덤은 바닷가에도 외따롭게 놓여 있고(「쓸쓸한 바닷가」),
"밤하늘에 흰 치맛자락을 흔드는 오동나무"(「오동나무 상
여」)에도 있다. 심지어 약국(「쥘 라포르그의 약국」)에서도 관
(棺)이 보이고, 교회당은 그 자체가 거대한 유택(幽宅)이다.

> 금요일 밤마다 함께 죽음을 연습하는 그들은
> 무덤의 스위치를 내리고
> 천진한 얼굴로 다시 집으로 돌아갔다
> 잠든 아이들을 등에 업고서
> 생의 입구로 흘러들었다
>
> ——「Dakhla; 입구」 부분

시인은 교회를 신자들에게 지옥의 공포를 끊임없이 환기시
켜줌으로써 영생에 집착하도록 강요하는 부정적인 공간으
로 인식한다. 교회는 진혼곡이 울리는 성소이기도 하지만 동
시에 죽음에 대한 두려움을 불러일으키는 장소이기도 하다.
교회에 들어서는 순간 사람들이 맨 처음 맞닥뜨리는 것은 십
자가에 못 박혀 죽은 예수상이다. 목사의 설교에서도 죽음은
최고의 단골손님이다. 이처럼 교회에는 늘 죽음의 유령이 어
슬렁거리고 있다. 시인이 교회를 무덤에 비유하는 이유는 여
기에 있다. 시인의 상상력에 의하면 매주 교회에서 예배를
보는 일은 매주 죽음의 '연기(延期)'를 '연기(演技)'하는 일과
진배없다. 왜냐하면 시인에게 삶이란 죽음이 연장된 상태,

달리 표현하면 죽음이 부패하지 않고 아직 '싱싱하게' 남아 있는 상태에 다름아니기 때문이다. 매주 "무덤의 스위치를 내리고"(교회에서 실전을 방불케 하는 '죽음의 연습'을 마친 후) 다시 "천진한 얼굴로" "생의 입구로" 나아가는 신자들의 모습에 죽음과 함께 가는 삶, 아니 삶과 함께 가는 죽음이라는 시인의 사색이 고스란히 투영되어 있다.

그밖에 무덤은 인간의 몸 곳곳에 터를 잡고 살며 노화라는 자연적 부패의 과정을 오롯이 증거하기도 하고(「혼자 사는 방」), 갓 태어난 아기의 심장 위로 봉긋이 솟아 있기도 하다 (「찬미들, 안녕」). 심지어는 생명이 잉태되는 자궁 속에도 태아가 '가매장'되어 있다.

엄마 치마 밖으로 손을 내밀어 세상의 공기를 만져보곤 했으나 아버지는 자꾸만 내 첫 길로 들어와 자궁 속에 봉분을 만들었다
나는 빈 봉분 속에 누워 숲으로 난 길을 꿈꾸었다
——「먼 나라 푸른 사내의 아내」 부분

이 끔찍하게 몽환적인 장면은 친부를 마음속에서 제거하고 (아버지의 침입을 막고) 어머니를 독차지하려는(자궁에 잔존하려는) 오이디푸스 콤플렉스의 시적 변용으로 읽힌다. 동시에 '모태 속에 무덤' '봉분 속에 자궁'이라는 요상한 이미지는 뫼비우스의 띠처럼 연결된 죽음과 신생의 역설적 순환

에 대한 이치를 깔끔한 비유로 드러낸 신화학자 조지프 캠벨
(J. Campbell)의 말을 떠오르게 한다. "우리는 자궁이라는
이름의 무덤(tomb of the womb)에서 무덤이라는 이름의 자
궁(womb of the tomb)까지의 완전한 순환주기를 산다."(『천
의 얼굴을 가진 영웅』)

　「저녁」은 죽음이 삶을 밀어내는 비극을 생산하지 않고 오
히려 삶 속에 '촉촉이' 스며드는 비 오는 날의 풍경을 그리고
있다. 시인은 화자가 '그대'라고 부르는 대상의 '눈 속에, 상
념 속에, 발끝에, 품속에' 무덤이 있는 것을 관찰하기도 하
고, 화자가 사는 아파트에서 각진 무덤들이 벽돌처럼 질서있
게 쌓아올려진 공동묘지("무덤 옆엔 무덤/무덤 위엔 무덤/
무덤 아래 무덤")를 연상하기도 하며, 화자의 몸과 영혼과 자
궁('씨방') 속에 자리잡은 무덤을 투시하기도 하고, 고양이
의 울음소리에서 죽음의 푸가를 도청해내기도 한다. 한마디
로 무덤은 내 안에도, 타자에게도, 나와 타자 사이에도 있다.
죽음의 '내재화'와 '세계화'가 동시에 진행되고 있는 것이다.
그러나 이런 묵시록적 살풍경에도 불구하고 이 작품이 무겁
고 암울하게만 느껴지지 않는 까닭은 무엇인가? 그것은 무
엇보다도 불모의 대지 위를 노크하듯 "똑- 똑- 똑-" 떨어지
는 시원한 빗방울 덕분이다. 땅을 향해 투신자살하는 빗방울
은 그 자체가 살아 있는 무덤이다. 하지만 그 무덤은 생명의
근원인 물을 흠뻑 머금고 있다. 그래서 빗방울은 생명과 죽
음, 에로스와 타나토스가 둘이 아니라 하나임을 보여주는 상

징으로 알맞춤하다. 씨앗이 밭에 흩뿌려져 무수한 생명체를 창조하듯, 땅에 부딪쳐 죽음으로써 생명을 얻는(주는) "쾌활한" 빗방울들의 산종(dissemination)! 그래서 시인은 마지막 연에서 후드득 제 몸을 던지는 빗방울에 '그대'라는 사랑스러운 이름표를 달아준다. 무덤이 자신의 애인이 되는 극적인 순간인 것이다. 운명애(Amor fati)! 이처럼 시인은 죽음의 길 마저, 무덤 속의 생마저 '사랑'임을 웅변하고 있다. 온통 무덤들로 뒤덮인 이 시가 "사랑해"라는 앙증맞은 말로 마무리되고 있는 소이연도 여기에 있다.

이 시집에서 가작(佳作)으로 손꼽을 수 있는 「마음 아픈 낮」도 시인이 얼마만큼 치열하게 죽음이란 화두를 붙잡고 참구하고 있는가를 잘 보여준다. "친구들은 몰려와 식사를 하느라 바쁘"고, "친지들의 때에 전 손바닥은 지폐를 펴느라 바쁘"고, "옆집 이발소에선 손님맞이할 큰아들의 머리칼이 잘려지고/옆집 푸줏간에선 소의 창자가 잘려지느라" 정신없이 옥시글거리는 장례식장을 영정사진의 주인공이 마치 '투명인간'처럼 유유자적 배회하며 둘러보고 있는 모습은 "죽음은 죽어서야 안다는" 시구를 무안하게 만든다. 폭염으로 "땀 흘리며" 앉아 있는 망자의 모습은 죽음에 드리워진 엄숙함과 비장함을 걷어내고 죽음을 평범한 일상으로 끌어내린다. 망자는 구천을 떠도는 불우한 영혼이라는 지루한 도식에서 벗어나, 오히려 죽은 자가 산 자의 행장(行狀)을 읽고 있다고 연상하는 시인의 전복적 상상력이 인상적인 시편이다. 하룻밤

문상을 다녀오는 길을 '생이 왔다가 가는 여정'으로 치환하는 데 성공한 「근황」도 주목에 값한다.

정영의 시에서 죽음은 명부(冥府)의 왕 하데스의 영지에만 머물러 있지 않고 지상으로 올라와 세상에, 인간의 삶 속에 편재한다. 죽음은 임종의 순간에만 있는 것이 아니다. 인간은 매일 죽음을 산다. 시인은 생명을 연장하는 것이 아니라, 죽음을 죽이면서 살아가는 것, 말하자면 죽음을 영원한 죽음으로 귀환시키는 것이 삶의 본질이라고 이해한다. 그렇다고 해서 죽음에 대한 시인의 이런 생각이 허무주의의 낙수로 떨어지거나 종말론적 혼돈의 검은 아가리 속으로 곤두박질치는 것은 아니다. 죽음을 분기점으로 도래할 유토피아를 꿈꾸는 종교적 신비주의로 과장되는 법도 없다. 오히려 죽음은 하이데거가 현존재의 본질을 '죽음을 향한 존재'(Sein zum Tode)로 규정한 것처럼 친밀하게 다가오는 실존적 조건이다. 그래서 시인에게 죽음은 경쾌하게 몸을 던지는 빗방울처럼 가볍게 느껴진다. 죽음은 삶을 무겁게 짓누르는 씨시포스의 돌덩이가 아니라 오히려 삶의 하중을 가볍게 들어올리는 아르키메데스의 지렛대라는 생각, 정영의 예리한 촉수가 더듬는 지점은 바로 여기이다.

죽음은 문명사회에서 추방돼야 할 첫번째 대상이었다. 죽음의 공포를 망각하려는 인간의 오만함으로 말미암아 근대 이후 "시체는 악취 없이 신속하게, 죽음의 병상에서 무덤으로 너무나도 완벽하게 기술적으로 처리되었다"(엘리아스).

이런 배경에서 보면 삶의 배후로 밀려나 위생적으로 소독된 죽음을 평범한 삶의 공간으로 '이장'시키는 시인의 미학적 기획은 죽음을 끊임없이 은폐하면서 삶을 통제하는 현대문명의 야만성에 대한 비판과도 기맥상통한다.


고해

이제야, 불온한 고해성사가 있다. 출생과 사랑과 죽음을 온몸으로 겪은 이 시집이 토해내는 신앙고백의 내용은 용서와 참회의 눈물로 얼룩져 있지 않다. 고해소에 들어앉은 신자의 태도는 위악적이고 그가 자백하는 내용 또한 불온하기 짝이 없다.

난 이것에 대해 고해하겠어요
인간을 내 치유제로 여겨 바르고 먹고 마셨노라고
손잡았노라고 몸 비볐노라고
슬픈 정액냄새 속에서 태어났고
비린 젖을 먹고 자랐노라고
그렇게 지구에 몸 박고 뿌리내려 살찌웠노라고
문 박차고 나가 첫사랑의 심장을 파먹고 반생을 다시 시작했노라고
휘황찬란한 도시 사람 그림자 속에서 단잠 잤노라고

지독한 꽃 같은 어머니 손을 찢으며 시를 썼고
사랑한 발가락을 오래도록 씹으며 여행을 다녔고
벗들의 가슴을 때려눕혀 그 눈물로 내 눈을 씻었고
그들의 달디단 입냄새로 내 시궁창을 닦아냈고
밤마다 사랑해달라고 속삭였노라고
머리채를 뚝 잘라 너도 너도 너도 순교하라고 속삭였어요
사람고기 이빨로 확 뜯으면 입 안에 육즙이 쫙 흘러요
잘살겠다고, 이글이글한 눈동자를 눈물이 확 덮칠 때처럼


아, 한마디로 난 독한 인간들을 한잎씩 씹으며
살았고 살고 살아갈 것이라고
중요한 것만 짧게 간추려 고해합니다

──「평일의 고해」부분


시인은 고해대에 무릎 꿇고 자신의 죄를 성찰하고 통회함으로써 신에게 신종(信從)을 약속하지 않는다. 사정이 이러하니 잠벌(暫罰)을 기워 갚는 보속(補贖)의 실천을 기대하는 것은 언감생심이다. 오히려 시인은 극과 극은 통한다는 초강수로 세상과 맞짱뜬다. 독하지 않으면, 악다구니 없이는 견뎌내기 힘든 타락한 세상 앞에 나 역시 지독하게 "살았고 살고 살아갈 것이라고" 생의 의지를 천명하고 나서는 것이다. 부조리한 세상, 고단한 삶, 고통의 바다가 시인이 모시면서 모독하는 신이다. 그래서 시인은 주저없이 "이생에선 독한 향

내가 나를 치유해요/인간의 냄새만큼 독한 게 있으려고요, 늘 피곤하거든요/그들이 날 흉터 없이 치유해요"라고 말한다. "인간을 치유제로 여겨 바르고 먹고 마"시며 살았다고 고백하는 시인의 불경스러운 태도에서 일찍이 윤동주가 「참회록」에서 보여준 도덕적 자성과 자괴(自愧)의 흔적은 찾아볼 수 없다. 시인이 고해를, 자신의 삶을 거짓없이 '폭로'함으로써 자기 정당성을 확보하려는 일종의 담론전략, 다시 말해 주체가 세계에 대한 결정권을 상실한 시대를 정면돌파하기 위한 도발적인 자기 영토선언의 수단으로 받아들이고 있기 때문이다. 시인에게 고해는 부조리한 삶을 견뎌내기 위한 성사(聖事)적인 유희이자, 고통스러운 삶을 에둘러가지 않고 그것에 직핍하기 위한 실존적 고투의 방식이며, 매일 죽음을 연기하며 살아가는 방법, 즉 "하루를 미끄러뜨리기"(「가수— 오늘은 오늘로 충분해 2」) 위한 전략적 통과제의이자, "아픈 당신 피와 내 피가 늙은 똥처럼 검고 독해지는"(「낡은 도시의 사랑」) 삶을 부둥켜안는 뜨거운 사랑의 방식이다. 파먹고, 찢고, 때리고, 씹고, 물어뜯는 폭력적인 행위는 시인이 삶을 얼마나 지독하게 사랑하고 있는지를 과격하게 반증한다. 이와 같은 시인의 섬뜩한 사랑의 방식은, "사람고기 이빨로 확 뜯으면 입 안에 육즙이 좍 흘러요"와 "난 독한 인간들을 한잎씩 씹으며"라는 표현에서 드러나듯, 카니발리즘적 환상과 결합하면서 그 절정에 이른다.

따라서 이 시의 제목 '평일의 고해'는 두 겹의 상징성을 갖는다. 일상의 삶 자체가 '고통이 끝이 없는 바다'라는 의미가 그 하나라면, 이런 고약한 삶과 속악한 세계를 뚫고나가기 위해선 매일매일 기성의 가치나 통념에 순응하지 않고 맞서는, 버릇없고 도발적인 고해성사를 할 수밖에 없다는 속뜻이 다른 하나이다. '지독한 고해(苦海)'와 '불온한 고해(告解)' 사이의 역설적 긴장, 정영의 시가 빚어지는 지점은 바로 여기이다.

생은 분명 고통의 바다이다. 하지만 대부분의 사람들은 삶의 괴로움을 온전한 괴로움으로 느끼길 꺼려한다. 대신 스스로의 고통은 물론 타인의 고통도 외면하는 냉소를 선택하기 일쑤다. 하지만 정영 시인은 세상의 고통 앞에 자라처럼 목을 움츠리지도 않고, "의자에 앉아 창살 밖 거리를 내다보다/낮잠"(「지구 동물원」)을 자지도 않으며, 고통의 바다 어딘가에 떠 있을 유토피아의 섬을 꿈꾸지도 않는다. 오히려 시인은 주체와 세계의 부조화와 괴리에서 파생되는 고통을 온몸으로 밀고 나가는 고해의 항진을 택한다. 여기서 시인이 고통을 자각하는 불온한 제식으로 선택한 것이 바로 고해성사이다. 고통을 의식하지 못할 때 존재의 영혼은 쉽게 물화된다. 꼬집혀도 깨물려도 씹혀도 아픔을 못 느끼는 딱딱한 나무토막이 된다. 그래서 시인은 고통을 받아들이기 위해 자신의 모든 감각을 활짝 열어놓는다. 삶의 독기를 온전히 느끼려는 시인의 욕망이 극단으로 치달으면 이런 시구를 낳는다. "누구든 날 씹어도 좋아요"(「평일의 고해」). 이것은 결코 세상을 혐오하는 퇴폐적인 자학의 포즈도, 세상에 대한 쌀쌀맞은 냉소의 제스처도 아니다. 삶에 대한 아주 지독하고 뜨거운 사랑의 역설적 표현인 것이다. 정영 시인의 '평일의 고해'는 분명 '불온(不穩)'하지만 그렇다고 '불온(不溫)'한 것은 아니다.


거미집


그런데, 태초에 투명한 거미집이 있(었)다. 출생과 사랑과 죽음의 드라마와 그에 대한 고해성사가 있기 이전, 옛날 옛적, 얇은 망사조직을 공중에 펼친 거미집이 있(었)다.


햇빛 아래선 너무 투명해
잘 보이지 않고
바람 불면 주룩 흘러내리는
너와 나 사이, 공터

거기
살고 싶었다

—「거미집」 부분


이 부분은 정영 시의 창작원리, 시로 쓴 시론으로 읽힌다. 시인은 투명한 거미집, 다시 말해 "너와 나 사이, 공터"에 살고 싶다고 고백한다. 그렇다. 바로 이 공터에서 거미의 신화적 시조인 아라크네처럼 자음과 모음의 날줄씨줄을 엮어 언어의 텍스투스(textus)를 짜는 시인이 정영이다. '투명한 경계'에 살고 있기에 시인은 양편을 모두 보며 자유롭게 넘나들 수 있을 터. 시인이 자궁을 죽음의 움막으로 해석할 수 있었던 것도, 황금빛 에로스 속에서 석탄빛 타나토스의 얼굴을 응시할 수 있었던 것도, 죽음의 길에서 생명의 씨앗을 발견할 수 있었던 것도, 생자와 망자의 시선을 종횡무진 오갈 수 있었던 것도, 성과 속의 경계를 가뭇없이 허물 수 있었던 것도 모두 이 지형학적 장점을 십분 활용한 덕분이다. 따라서 이 공터, 즉 거미집은 정영 시의 무한한 변형과 자기 실행의 미래를 자신 안에 충전하고 있는 '꽉찬 텅 빔', 말하자면 시학의 성전(聖典)이자 작시법의 무진장(無盡藏)이다.

범박하게 비유하자면, 정영 시인은 '초현실주의적 고전주의자'이다. 요사이 젊은 시인답지 않게 정영이 오랫동안 저작(詛嚼)해온 '삶과 사랑과 죽음'이라는 삼위일체적 테마는 고전적이다. 너무 닳고 닳아 조금은 진부하고 고색창연하기까지 하다. 하지만 그것을 곱씹어 텍스트라는 화폭에 토해내면 초현실주의적 자유연상법으로 그려진 이상야릇한 그림이 탄생한다. 다루는 주제는 전통적이지만 그것을 표현하는 방식은 전위적인 것이다. 따라서 그의 시집은 성숙한 고전주의와 실험적인 초현실주의가, 처연한 비장미와 당찬 도발성이, 고전적 작시법을 완성한 괴테와 고전적인 작시법에서 시를 해방시킨 네루다가 한이불을 덮고 자는 침대이다. 이 둘의 반시대적 불륜의 정사가 정영 시의 독특한 개성을 분만한다. 이 시집에서 장황하게 흐드러진 산문체와 순금처럼 정련된 운문체가 한작품 안에 어근버근 동거하고 있는 모습이나, 로트레아몽의 그 유명한 해부대 위에 놓여 있는 재봉틀과 양산(『말도로르의 노래』)만큼이나 동떨어진 이질적인 이미지들이 어색하게 마주 보고 있는 장면이 자주 눈에 띄는 것도 정영 시인의 이중적 정체성과 무관하지 않아 보인다.

결국 우리는 정영 시집이 낸 길을 따라 끝까지 왔다. 그런데 정작 우리가 도착한 공터는, 아니 우리의 "팔다리 붙잡아 껴안고 울어주는 / 하늘궁전"(「거미집」)은 정영의 시의 종점이 아니라 출발점이 아니던가. 정확히 말하면 처음 이전의 처음, 시원의 시원이다. 시인이 불친절하게 안내해준 편력의 길은 부메랑의 운동궤적처럼 구부렁하게 휘어져 있었던 것이다. 결국 우리는 정영 시집과 함께 시작과 끝이, 시발점과 종점이, 신생과 소멸이 한몸으로 연결된 우로보로스(Ouroboros)의 숫눈길에 겁도 없이 첫 발자국을 찍으며 이색적인 원융회통의 여행을 만끽한 셈이다. 여행의 생리가 그렇듯이 결국 우리는 돌아오기 위해 떠난 것이다. 아니 다시 떠나기 위해 돌아온 것이다. 여장을 풀며, 사금파리처럼 빤짝이는 시구 하나를 마음속으로 읊조려본다.

나는 종점 집에서 태어나고 자라고 떠났으나

오늘도 종점 집에 살고 있는 것이다

— 「종점에 사는 집」 부분

柳信 | 문학평론가

■

## 시인의 말

여긴, 화가유항(花街柳巷). 내가 당신 눈물의 문을 열고 들어가 말한다. 그리고 당신이 짐짓 돌아선 내 그림자의 문을 열고 들어와 말한다. 다 괜찮다 괜찮다고. 당신도 나도 살아가는 동안 참 많은 위로가 필요하다.

여긴, 고해소. 내게 백지 한장이 있다. 나와 당신, 그리고 우리에 대해 적는다. 구름과 나무와 바람과 파도와 새와 그것들의 씨앗, 우리 관계에 대해 적는다. 만남과 헤어짐, 그 공허한 적막에 대해 적는다. 그렇게 토로하여 내 죄를 눈곱만큼이나마 덜어보려 꺽꺽대는 중이다. 그것이 사는 동안 내가 할 일. 죄를 짓고 고해하고 그것을 반복하는 것이 삶이니, 내 가슴팍에서 늘 새하얗게 돋아나는 백지가 내 영혼의 고해소다. 나는 이것으로 하루를 견딜 만큼의 위로를 얻는다.

내 노래가 늙은 새들의 귀에 괴롭지 않기를, 구름의 어여쁜 눈물에 꽃들의 소소한 절망에 불협화음이 되지 않기를 바라건만, 쉬운 일이 아니다. 그러나 미안하게도 나는 오늘을 노래하며 잠시 평온을 얻으니 저 먹장구름도 푹신한 이부자리처럼 따스하고 폭풍우도 격렬한 애인처럼 뜨겁다. 큰 호흡 한 번 하고 그것들과 몸을 섞노니, 나, 마지막 책장을 덮으며 이 것을 고해하겠다. 들으라, 이 화류(花柳)의 별에서 당신과 살아가는 동안 계속될 내 죄를.

2006년 가을
정영

창비시선 266

평일의 고해

초판 1쇄 발행 / 2006년 9월 1일

지은이 / 정영
펴낸이 / 고세현
책임편집 / 박신규
펴낸곳 / (주)창비
등록 / 1986년 8월 5일 제85호
주소 / 413-756 경기도 파주시 교하읍 문발리 513-11
전화 / 031-955-3333
팩시밀리 / 영업 031-955-3399 · 편집 031-955-3400
홈페이지 / www.changbi.com
전자우편 / literat@changbi.com

ⓒ 정영 2006
ISBN 89-364-2266-9  03810

* 이 책은 한국문화예술위원회의 2003년도 '문예진흥기금'을 받았습니다.
* 이 책 내용의 전부 또는 일부를 재사용하려면 반드시 저작권자와 창비
  양측의 동의를 받아야 합니다.
* 책값은 뒤표지에 표시되어 있습니다.